NOVELLIX
— *stories to go* —

www.novellix.se

Novellen är hämtad ur
novellsamlingen *Främlingarna* (1903).
Texten i denna utgåva har varsamt
modifierats, främst vad gäller verbformer.

Omslag: Teresa & David
Sättning: Erika Palmquist
Tryck: Printon Printing House, Tallinn, 2012
ISBN: 978-91-86847-43-2

I

NEJ, GABRIEL MORTIMER VAR SIG ICKE LIK, sedan han blivit gift. Det sade alla. Några få sade det med en smula vemod i tonen, men de flesta med gillande.

I sin ungdom hade han gjort sig känd för åtskilliga excentriciteter. Den märkligaste bland dessa och tillika den, som på sin tid väckte mest ovilja bland hans anhöriga, var hans tidigt fattade och länge envist fasthållna beslut att icke bli någonting. Han läste mycket men aldrig på någon examen. Han gjorde resor och förde, ehuru oregelbundet, dagböcker över sin själsutveckling, som intelligenta unga män den tiden emellanåt gjorde. Till allas förskräckelse förklarade han utan omsvep, att han ansåg sig ha nått en tillräckligt hög ståndpunkt för att kunna få tiden att gå utan att behöva ta sin tillflykt till något tidsfördriv av det slag, som kallas samvetsgrann och regelbunden pliktuppfyllelse. Var icke världen full av justitieråd, tidningsskrivare och bolagsdirektörer? Och vore det icke en svart otacksamhet mot försynen, som givit honom räntor, att genom en onödig konkurrens försvåra de övrigas kamp för tillvaron? Han kom på detta sätt att gälla för en ovederhäftig, åt vilken allvarliga människor drog på munnen, ett original, som man kunde tolerera, eftersom han hade räntor och emedan han då och då kunde roa ett sällskap med sina paradoxer.

För övrigt var det honom likgiltigt, om man gillade hans uppförande eller icke. Han åt goda middagar och hade glada äventyr och läste de bästa böcker. Han sparade icke sin hälsa; men han tålde allt, ty han var en stark natur. Efter att på morgonen ha gjort en milslång promenad utåt landsbygden och på middagen ha varit med om att begrava en gammal tant, kunde han obekymrat fördriva aftonen i ett tämligen vilt ungkarlslag och efter hemkomsten låta ett par av nattimmarna rinna under studiet av någon engelsk filosof. Men om sent på natten oljan i hans lampa började tryta och han rullade upp gardinen, så att månen föll rätt in i rummet, inträffade det stundom, att oron i hans blod på nytt drev honom ut ur hemmet, där alla sov, ut kring gator och torg. Och hände det då, att han en sådan underlig månklar natt förirrade sig utåt någon ödslig aveny, vars i måndimman liksom utsinande perspektiv tycktes leda raka vägen in i oändligheten, kunde han plötsligt tvärstanna och med blicken fascinerad av detta sällsamma askvita ljus fråga sig själv, om detta var samma gata, som han så många gånger hade gått upp och ned i fullt solljus och i mulen grådager, och om dessa rader av tysta, främmande hus, som månen kalkade spökvita, verkligen var en del av samma stad, i vilken han om dagen var lika hemmastadd som i sina egna rum. Hade kanhända månskenet något att säga honom, någonting viktigt, något som gällde hans liv och som han likväl icke kunde uppfatta?

Någon hemlighet, som dagsljuset icke kände och icke förstod?

Men när han så vaknade nästa dag och morgonsolen flödade gul och stark över mattans färgklara mönster, smålog han för sig själv och inregistrerade även dessa nattens lätta rysningar bland tillvarons behag.

Ty väl var frågan om livets mening i grunden det enda, som fyllde hans dag och hans natt; men han var ung och lycklig och uppsköt därför med gott samvete den slutliga lösningen på obestämd tid.

Då Gabriel Mortimer var i sitt tjugosjätte år, fick emellertid hans liv en ny riktning av en omständighet, som han icke hade förutsett. Han blev nämligen allvarligt förälskad i en ung flicka av den karaktär och samhällsställning, att ett äktenskap var den enda väg, som förde till målet. All den beska satir, med vilken han så ofta i förtroliga kretsar – emellanåt också i mindre förtroliga – hade behandlat de äktenskapliga institutionerna, kunde icke hindra honom från att en natt på hemvägen från en bal fria och få ja. Han behövde alltså öka sina inkomster genom att skaffa sig en avlönad sysselsättning, något som också hans tillkommande svärfar gjorde om icke till ett oeftergivligt villkor för sitt samtycke – ty Mortimer var i alla händelser ett rätt gott parti – så likväl till den enda säkra grunden för den aktning, som det var honom kärt att kunna hysa för sin blivande måg. I samma riktning påverkades han även av den unga flickan själv genom hennes något paradoxala försäkringar, att hon visserligen hade blivit kär i honom, just emedan han icke var som de andra, men att hon å andra sidan knappast trodde, att hon skulle kunna älska honom riktigt, såvida han icke ville bemöda sig om att bli som de andra. Vad var att göra? Mortimer tog på kortast möjliga tid en tämligen medelmåttig hovrättsexamen och skrev in sig i ett par ämbetsverk, gifte sig, avancerade och gjorde sig omtyckt av förmän och kamrater.

Hans äktenskap blev lyckligt nog. Fru Mortimer hade ett på en gång jämnt och livligt lynne och fullgjorde alla sina plikter i äktenskapet på ett tillfredsställande sätt. Gabriel blev i det hela en god äkta man, och sina åligganden som ämbetsman utförde han med större intresse, än han själv väntat. Däremot upphörde han nästan helt och hållet att sysselsätta sig med litteraturen, och dagböckerna över hans självutveckling avstannade av sig själva: han hade numera så svårt att finna någonting att skriva in i dem. I början av sitt äktenskap läste han ofta högt för sin hustru, men då han fann, att han till detta ändamål måste välja böcker, som svarade mot hennes uppfattningsförmåga, upphörde dessa nöjen så småningom. Icke heller hade han ofta tillfälle att på egen hand fördjupa sig i de författare, som kunnat intressera honom, ty hans hustru lämnade honom sällan ensam, därtill älskade hon honom för högt; och då de höll varandra sällskap om eftermiddagarna, hade hon oavbrutet något att prata med honom om. Mortimer fann dessutom mycket snart, att det är lättare att skriva protokoll än att föra dagböcker och att ett ordnat liv, delat mellan arbete, förströelse och vila, var ojämförligt mycket bekvämare och angenämare att föra än det liv i stämningar och idéer, som dittills varit hans. Någon gång kunde det visserligen hända, att det flög förbi honom liksom en aning om att tillvaron var på väg att bli till någonting helt annat, än vad han en gång ämnat den till. Sådana stämningar var dock i regeln hastigt övergående; ty om hans tanke någon gång påbörjade en längre, sammanhängande kedja av idéer, avbröts den snart av hans hustrus smekningar och älskvärda småprat. Icke heller motsvarade egentligen hans äktenskap i alla punkter de krav han som ung hade ställt på erotisk lycka, men han tröstade sig med att idealet alltid är oupphinneligt; och dessutom underlät han aldrig att erinra sig, att de fria förhållanden han haft före sitt äktenskap lika litet, nej, ännu mindre förmått skänka honom någon känsla av sann tillfredsställelse. I jämförelse med många andra hade han dock på det hela taget alla skäl att prisa sig lycklig. Hans hustru ansågs av många för en skönhet.

För övrigt, om han en enstaka gång – vad som likväl sällan hände – föll på idén att jämföra vinst och förlust i sitt liv, gjorde det honom med eller mot hans vilja ett visst nöje att på vinstkontot kunna uppföra sina vänners och anhörigas fullkomliga gillande, ty han hade under årens lopp småningom blivit alldeles lik andra människor.

Det oaktat hade han stundom perioder, då han var sluten och retlig och trodde sig ha missräknat sig i allt.

Han roade sig då med att kalla tillvaron ett misslyckat skådespel, av vilket man i början väntar sig en gripande verkan och som sedan helt ogenerat utvecklar sig till en vanlig borgerlig komedi. Den obetydligaste tillfällighet var då tillräcklig att leda hans tankar in på detta spår. En afton hade han varit på teatern med sin hustru. Det var premiär. Man hade givit ett nytt stycke av den bland hans gamla favoritförfattare, som han fordom satt högst av dem alla; men han hade endast lyckats återfinna föga av den njutning, som diktaren förr brukat förskaffa honom. Hade han åldrats? Hade han blivit efter? Förstod han icke längre de fina skiftningar i tankens och känslans uttryck, för vilka hans sinne ännu för icke många år sedan var så mottagligt? På natten låg han länge vaken. Aftonens alla betydelselösa små tilldragelser drev med löjligt skärpta konturer fram och tillbaka för hans erinring. Likgiltiga ansikten och likgiltiga yttranden dök upp, försvann och kom med gäckande envishet tillbaka på nytt. I teaterkorridoren hade han träffat en av sina gamla vänner från ungkarlstiden, som klagade över att man så sällan såg till honom nu för tiden. Och under en mellanakt hade han stött på en gammal skolkamrat, som hade blivit tidningsman. Han hade under skoltiden aldrig utmärkt sig för några framstående förståndsgåvor, och likväl stod han nu och berömde just de ställen i pjäsen, som Mortimer icke hade förstått. Till slut kom han att tänka på vad hans hustru hade sagt vid hemkomsten, just i det ögonblick då han ställde ifrån sig käppen i det vanliga hörnet. – ”Jag är hungrig som en varg”, hade hon sagt. – Som en varg … Ja, vargarna … Det skall ju vara särdeles glupska djur … Och helt plötsligt stod det för honom, vilken smärtsam missräkning dessa bestar hade berett honom en gång i hans barndom. En afton vid jultiden gick han genom gatorna vid sin faders hand. Ja, det måste ha varit vid jultiden; åtminstone var det töväder och mycket folk i rörelse och en mängd saker att se på i butiksfönsterna. På Drottninggatan stannade de ett ögonblick framför en stor gul- och blårandig affisch, som tillkännagav, att i det huset förevisade miss den och den sina dresserade vargar. Gabriel måste se dem. Han tiggde och bad sin far, till dess att han fick sin vilja fram, och de gick in. Föreställningen började. Gabriel satt darrande av spänd förväntan. En fet dam med alldeles för korta kjolar visade sig på en estrad, åtföljd av tre vargar, av vilka var och en hoppade fem gånger genom ett tunnband. Därefter gjorde den feta damen en djup komplimang och förklarade: Mitt herrskap, föreställningen är slut.

Och vid minnet av denna krossade illusion skrattade Mortimer till så bittert och hårt, att fru Mortimer förskräckt for upp ur sömnen och frågade vad som fattades honom.

II

Så rann tiden, och med varje år, som gick, blev han ett år äldre, men han märkte det knappast.

Och barnen kom: först ett, så ett till, och så ännu ett. Mortimer blev familjefar, och en familjefar har viktigare saker att tänka på än livets mening och sin egen själsutveckling. Mer och mer bringades han att inse sanningen och djupet av det ordspråk, hans avlidne svärfar, en pensionerad hovrättsassessor, ständigt brukat föra på läpparna: Livet består av småsaker. Han erinrar sig, som om det hade varit i går, den dag han åt middag i sin fästmös familj efter att nyss med oväntad raskhet ha avlagt sin hovrättsexamen. Bordssällskapet bestod endast av assessorn, som var änkling, hans båda döttrar, Mortimer samt en äldre svartklädd tant. Det dracks en förträfflig gammal golden sherry till desserten. Man satt länge kvar vid bordet och sög på några druvor och pratade om löst och fast, till dess att assessorn höjde rösten och avslutade samtalet med sin favoritfras:

– Ja, livet består av småsaker. Att göra sin plikt i smått och stort, det är huvudsumman av lagen; den som gör det, han kan leva lugn och behöver inte plåga sig med några onödiga bekymmer, och han kan gå lugn i graven.

Och den gamle herrn blev sittande med handen

stödd mot bordet och gaffeln i vädret, medan han stirrade ut i det blå med ett profetiskt uttryck i blicken. Under den paus, som nu uppstod, hörde man tjänsteflickan nysa ute i köket.

III

Gabriel Mortimer blev sjuk.

Det började med en blindtarmsinflammation som efter en tids förlopp övergick i en annan sjukdom, och senare slöt sig ännu en tredje till.

Hela hans varelse revs upp. Det var en våldsam skakning, som icke lämnade en fiber i hans kropp oberörd.

Veckor igenom hängde hans liv på en tråd.

Han låg sanslös dagar och nätter. Han yrade. Han vred sig i feberdrömmar. Han irrade genom främmande trakter, på ändlösa slingrande vägar, och hittade aldrig hem. Han gick vilse i de tomma trappuppgångarna och korridorerna i hotell, som tycktes övergivna, utdöda. Särskilt förföljde honom en fantasi envisast av alla. Tidigt på morgonen hade han gått hemifrån i ett viktigt ärende, så viktigt att det gällde liv och död. På vägen blev han uppehållen av en mängd småsaker, obetydligheter, som slumpen drev i hans väg och som egentligen icke intresserade honom men som det skulle ha varit opassande att visa sig likgiltig för. Och nu led det mot kvällen, och det mörknade mer och mer, och ännu drev han gata upp och gata ner, och oupphörligt blev han uppehållen av nya oväsentligheter: av vänner, som ville återkalla för hans sinne en mängd glada äventyr, de hade upplevt gemensamt och som han icke kunde erinra sig, och av flyktiga bekantskaper, som tog honom i knapphålet för att anförtro honom någonting viktigt, som för honom var oviktigt. Och mörkret bredde sig tätare och tätare omkring honom, och han nådde aldrig fram, och för övrigt hade han glömt, vart han ämnade sig ... Det var detta, som gång på gång kom honom att stöna av ångest i drömmen: han hade glömt, vart han ämnade sig, och likväl måste han nå fram, ty det gällde liv och död!

Emellanåt fantiserade han också över religiösa ämnen. Han trodde sig vara präst, och kvinnorna grät då han predikade, och han hade fört ett klanderlöst liv i alla delar, och människorna aktade honom högt. Och det kunde likväl icke hjälpa honom, ty han hade brutit mot den helige ande. Han hade bekymrat sig om mycket, oaktat han visste, att ett var av nöden. Men vad detta enda var hade han glömt, ja, glömt, och det var synd mot den helige ande, att han hade glömt det!

Han levde under dessa feberns veckor helt och hållet i sin inbillade värld.

Han kände icke igen sina närmaste.

Det var en kris, under vilken hela hans varelse skakades om likt vätskan i en medikamentsflaska: vad som nyss legat på ytan sjönk nu till botten.

Och bottensatsen steg upp.

Men krisen gick över, och han kom på bättringsvägen.

Blek och avmagrad låg han och lekte med spetsarna på sitt vita lakan och stirrade ut i den tomma luften. Han förstod åter vad man sade till honom, och han kände åter igen sin hustru, sina barn och sina vänner. Återseendet tycktes dock icke göra något synnerligt intryck på honom. Man antog, att mattheten hindrade honom att ge uttryck åt sina känslor.

Rekonvalescensen räckte vintern över.

Krafterna återvände långsamt, långsamt. Det dröjde månader och åter månader, innan han kunde vistas uppe.

Av de mardrömmar, som i feberns tid hetsat honom dagar och nätter igenom, mindes han ingenting; och likväl var hans själ fortfarande i svallning av halvmedvetna efterdyningar från denna upprörda tid. Hans hustru fann honom alltjämt likgiltig och främmande för deras gemensamma angelägenheter, för barnen, för hela den verklighet, som omgav honom. Större delen av dagen tillbringade han ensam, hopsjunken i en länstol framme vid fönstret.

Ensam: ty som sjukling tog han sig utan vidare den

rättighet, han som frisk varit för godhjärtad att begagna sig av gentemot sin hustru, rätten att fordra ensamhet och tystnad.

Han läste mycket under denna tid, men i synnerhet de böcker, som en gång för länge sedan satt hans tankar i rörelse och hans blod i svallning. En dag, då han letade igenom sina gömmor för att finna ett gammalt brev, som fallit honom i tankarna, stannade plötsligt hans blick vid en bunt tätskrivna, gulnade häften. Det var de dagboksanteckningar han fört i sin ungdom. Han satte sig ned och läste igenom dem från början till slut. Från varje sida log hans forna jag honom till mötes, och han själv måste också le. Att börja med ville han betrakta denna upplaga av sig själv som bilden av en död, med vilken han icke längre hade något närmare att skaffa; men han märkte snart till sin förvåning, att den blev honom allt mindre främmande med varje nytt blad han vände.

I den stilla sjö av ensamhet och tystnad, på vilken han numera tillbringade sin dag och sin natt, var kanhända hans forna jag på väg att småningom flyta upp på nytt.

Ofta satt han med spegel i handen. Han kunde icke neka sig nöjet att tro, att sjukdomen hade föryngrat honom. Alla överflödiga fettpartier i ansiktet hade jämnats ut. Hyn hade åter blivit lika genomskinligt fin, som han mindes från sin första ungdom. Ögonen hade blivit klara av vila och sömn. Och i jämförelse med allt detta fann han det oviktigt, att hans hår hade blivit nästan grått.

Men i nästa ögonblick kunde han brista ut i ett löje över sin barnsliga fåfänga, luta sig tillbaka i länstolen och hastigt åter allvarsam försjunka i meditationer över sitt förflutna liv. Han sökte efter en enda punkt i detta förflutna, som kunde göras till ett centrum. Han sökte efter något, som han kunde kalla väsentligt. Hans ungdom hade varit en försats, till vilken hans logiska sinne fordrade en motsvarande eftersats som nödvändigt komplement; men eftersatsen dröjde alltjämt. Meningen i hans liv tycktes honom avbruten av en ändlös parentes, vars innehåll icke hade något med själva saken att göra. Och då han slutligen uttröttad och likgiltig ville slå bort dessa tankar med den gamla frasen, att livet är en fars, drogs han i och med detsamma in i en ny och farlig virvel av destruktiva idéer.

– Då man säger, att livet är en fars, menar man, att det är utan allvar. Men det kräver ett allvarligare sinne än folket har mest att lägga tillvaron under en så hög och sträng måttstock, att dess allvar faller igenom och blir till skämt. Det är således allvaret som gör livet till en fars, och villkoret för att kunna ta livet seriöst är alltså att vara utan allvar!

Och utan att veta det bildade han av denna tankecirkel ett dialektiskt perpetuum mobile, som icke lämnade honom någon ro.

Så gick dagar och veckor, och åter en gång blev det vår där ute, medan Gabriel Mortimer låg utsträckt i sin vilstol och lekte med tankar och betraktade molnen, som aprilvinden drev i lätta flockar förbi hans fönster.

IV

Mortimer hade återtagit sin tjänstgöring. Hans liv hade på nytt kommit in i sina gamla gängor. Han läste tidningar, gick på teatern, deltog i umgängeslivet; och på samma klockslag som förr gick han till och från sitt ämbetsrum. Men han var icke densamme som förr. Han föreföll likgiltig och förströdd. Han log vid tillfällen, då man icke bör le, och då hans kamrater föll i skratt över någon anekdot, så att magarna hoppade, begick han stundom den taktlösheten att ensam förbli allvarlig. Icke heller skötte han sina plikter med alldeles samma korrekthet som förr. En dag befanns han i ett viktigt tjänstememorial ha ritat hela marginalen full med karikatyrer av sin hustru och sin avlidne svärfar. Hans chef gav honom slutligen i all vänskap det rådet att utom den ordinarie semestern ta några månaders tjänstledighet över sommaren för att vila ut; det var tydligt, att sjukdomen hade tagit starkt på hans krafter och hans lynne. Mortimer följde rådet och inackorderade sig över sommaren hos sin kusin, en provinsialläkare i en avlägsen landsbygd. Fru Mortimer och barnen stannade hos släktingar på en villa i stockholmstrakten.

V

Det är mot slutet av augusti, en solig eftermiddag. Solen bränner varm med en dovt bronsfärgad glans tätt under en stor och stillastående komplex av kopparkantade moln. En bred och glasblank flod vrider sig långsamt fram genom landskapet, våldsamt pressad mellan två brant stigande väggar av mörka höjder, mörka av grön skog. Längst ute på ett låglänt näs, vars grönska i den underliga soldagern skiner med en svavelgul skiftning, tindrar den vita kyrkan likt ett tänt ljus.

Kring kyrkan flockar sig byns alla röda tak.

Mortimer ligger sträckt på rygg i en båt ute på floden. I båten ligger en dubbelkikare, en volym Shakespeare och ett par metspön, som han har glömt att lägga ut.

Han ligger på rygg och låter båten driva.

Plötsligt reser han sig upp. Någon ropade hans namn.

På en sten nere vid stranden står en helt och hållet rödklädd ung flicka. Hon håller handen för ögonen och ropar hans namn.

– Vart tänker ni ro, herr Mortimer!

– Jag vet inte. Vart som helst. Jag tror, att jag ämnar driva med strömmen.

Hon har blodröda läppar och mörkbrunt hår.

Hennes kropp är späd och smärt; men den barm, som långsamt stiger och sjunker under det flortunna sommartyget, sväller nästan övermodigt högt.

Och likväl är hon helt ung. Knappast nitton år.

Hon böjer sig fram så långt hon kan över vattnet och frågar lågt, med en fuktig blick ur de långa, simmiga ögonen:

– Får jag följa med?

Mortimer vänder båten inåt land, men i samma ögonblick prasslar det i lövverket, alarnas grenar böjs åt sidan, och Mortimer blir varse en ung dam i ljust liv och marinblå klänning med stora vita cirklar.

– Nej, inte nu, svarar han, medan han samtidigt växlar en hälsning med den marinblå damen. Men en annan gång. En annan gång får ni kanske följa med, men då kommer jag att ro mot strömmen.

– Varför det? Och varför får jag inte följa med nu? För resten vill jag inte. Inte en annan gång heller.

Och skrattande slingrar hon sin höga arm om väninnans liv.

– Varför? Varför frågar ni varför? Ett barn kan fråga mera än sju visa kan svara på. Ni skulle aldrig fråga varför!

Den rödklädda skrattar ånyo, så att det ger eko i bergen på andra sidan floden. I nästa ögonblick är hon försvunnen mellan alarna på stranden, och den blåklädda följer henne.

Mortimer återtar sin förra ställning. Ett par minuter senare reser han sig på armbågen, fattar dubbelkikaren och sätter den för ögonen. Den rödklädda är synlig på en smal gångstig inne mellan åkrarna. Med armarna slingrade om varandras liv glider de båda unga kvinnorna fram över fälten. Mortimer finner dem likna två blommor med sällsamma former och farlig doft.

Nu kommer en ung man gående på gångstigen; han vill tydligen möta dem; redan på håll svänger han av sig hatten och hälsar. Han utför samma sprättande rörelse med käppen, som om han gick på en stadsgata.

Mortimer lade ned kikaren och smålog för sig själv, och åter lät han båten driva.

Ett par gånger böjde han sig ut över relingen. Han mötte då i vattnet bilden av en kraftig och solbränd man.

Timmarna gick.

Mortimer drömde vakna drömmar, medan kvällssolen stirrade honom rakt i ögonen med ett brandrött sken, som slutligen tvingade honom att blunda. Det röda ljuset drunknade då i en ocean av glimmande, giftigt grönt.

Lucie, prästens systerdotter ...

Den röda Lucie.

I några få veckor hade han känt henne. Hur hade han kunnat få sommarens alla långa dagar att gå, innan hon kom i hans väg? Och vintern, hur hade den gått, och sommaren näst förut, och hela hans liv?

Han fattade det icke.

Det var ju henne han hade längtat efter i alla dessa långa, tomma år.

Hur hade försommaren gått? Han mindes det knappast. Dagarna igenom hade han drivit omkring i skogarna. När han blev trött, lade han sig att sova i lingonriset. De ensligaste stigarna sökte han upp. Han drev om på ödemyrarna och besteg höjderna. Han kunde tillbringa hela dagen på en av solen rödbränd bergplatå, lyssnande till sorlet av en skogsrännil, till klockklangen från närmaste säter eller till ljudet av två trädgrenar, som av vinden gneds mot varandra.

Han läste sällan och tänkte knappast. Det förflutna, den verklighet, i vilken han levt, hade sjunkit undan;

endast någon gång kunde det stiga fram för honom med obestämda konturer, liksom mitt i en dröm en dunkel aning om det vakna livet kan stiga upp för den sovande och störa honom med ett halvt medvetande om att han drömmer.

Hans gamla tillvaro hade glidit av honom. Han kände sig föryngrad, förnyad.

Så kom en dag, då han mötte Lucie.

Han träffade henne en afton i prästgården. Hon hade sitt hem i en liten stad norr ut och skulle nu tillbringa eftersommaren hos sin morbror, prästen, och hans dotter.

Mortimer talade icke mycket med henne, men hans blickar följde henne överallt. Ett par gånger möttes deras ögon. När detta skedde andra gången, blev hennes vita hy med ens så bjärt röd, att färgen på hennes klänning tycktes blekna. Sedan undvek hon hans blick, men Mortimer iakttog att hon flera gånger under aftonen betraktade honom förstulet, då hon trodde, att han icke såg det.

Nästa dag gick han åter till skogs. Men han kunde icke finna någon väg, som han icke redan hade gått många gånger förr. För övrigt fattade han icke, hur han hade kunnat finna något nöje i att dagarna igenom driva omkring i skogen. Det var en brännande het dag. Han gick hem, stängde in sig på sitt rum, rullade ned gardinen och lade sig att sova. Han drömde om Lucie men också om en annan kvinna, den första han älskat; hon hette Helga Wenschen och var en annans hustru. Han drömde, att hon och Lucie stod och skrattade åt honom. Helga stack näsduken i munnen, som om hon ville dölja sitt skratt; men Lucie skrattade honom mitt i ansiktet.

Under de närmaste dagarna gick han ofta över till prästens. Detsamma gjorde också den unga hovrättsnotarien, häradshövdingens biträde. Prästgården, tingshuset, apoteket och doktorsgården låg hopträngda i en klunga kring kyrkan.

Det var en underlig, främmande rötmånadssol, som hade lyst och glött över floddalen dessa sista veckor.

Luften stod stilla. Asparnas löv hängde orörliga. Himmelens färg skar i ögonen med ett nästan onaturligt blått.

Mortimer gick en dag utmed flodstranden. Solen brände honom i ryggen; slutligen kastade han sig halvt bedövad ned i gräset i skuggan av ett par alar. Insekterna surrade kring hans huvud och hindrade honom från att somna.

Efter en stund hörde han ljudet av långsamma årtag nedifrån floden och flickröster, som samtalade i ett dåsigt och lättjefullt tempo. Mortimer reste sig på armbågen och böjde ljudlöst undan en gren, som stängde utsikten. Han hade känt igen rösterna. Gerda, prästens dotter, rodde; i aktern låg Lucie utsträckt med nakna armar och händerna under huvudet. Hon hade kastat av sig klänningslivet.

Hon låg och smålog stilla med slutna ögon.

– Att du vill ligga halvklädd så där, sade Gerda och vilade på årorna. Någon kan få se dig.

– Här finns ju bara bönder, svarade Lucie.

– Du är ohjälplig, Lucie ... Som om inte bönderna också ... För resten skulle du kanske inte ha något emot, att herr Mortimer eller notarien fick se dig!

Lucie svarade ingenting men smålog som förut.

Gerda tog ett par loja årtag och vilade åter.

– Vad tänker du på? frågade hon.

Lucie teg.

– På Gabriel Mortimer, svarade hon slutligen.

Båten fördes av strömmen nedåt floden, och de båda flickrösterna blev borta.

Mortimer låg länge kvar på stranden och smulade sönder blåklockor och prästkragar mellan sina fingrar.

På aftonen kysste han henne.

Det var ungdom i prästgården. När det mörknade, drog man sig från trädgården in i rummen. Gerda spelade och sjöng vid pianot.

Lucie satt ensam ute på verandans räckverk, en

mörk silhuett mot kvällshimmeln.

Mortimer kom ut till henne.

– Ser ni så underligt den stjärnan tindrar där borta? sade han.

– Ja, svarade hon och såg utåt rymden. Det är aftonstjärnan.

Det drog en susning genom träden.

Mortimer fattade hennes hand och smekte den sakta.

– Kom med ut i trädgården, viskade han. Jag har något att säga er.

Hon följde honom.

På sidan om huset låg en syrénberså. Han förde henne in dit, drog henne tätt intill sig, slog armarna om hennes kropp och kysste henne. Hon sökte förgäves göra sig lös.

Slutligen satte de sig på en bänk längst inne i bersån. Hennes huvud vilade mot hans bröst, och hon rörde sig knappast. Men barmen hävdes våldsamt, som om den ville sprängas.

Åter och åter kysste han henne.

– Möt mig i morgon, viskade han. I skogen, vid kvarnforsen.

– Ja, svarade hon lågt.

Och han kysste henne åter.

Det hördes steg i sanden ute på trädgårdsgången.

Hal som en ål vred hon sig ur hans famntag och gled undan i mörkret.

Nästa dag ösregnade det.

Mortimer gick likväl till kvarnforsen. Hela förmiddagen satt han där under en jättestor gran och rökte cigarretter och lyssnade till regnfågelns entoniga pip.

Hon kom icke, och sedan dess hade hon undvikit honom.

Ända till denna eftermiddag, då hon ville följa med honom på floden …

Mortimer låg alltjämt på rygg i båten och stirrade upp i himmelens mer och mer bleknande blå, i vilket en och annan stjärna redan började tändas.

Han tänkte på den lycka, som så oväntat var på väg att falla i hans händer.

Man måste leva, medan man är ung, och ännu var han ung.

Han skulle själv dikta den eftersats, som meningen i hans liv krävde och som han trånat efter i så många år. Länge nog hade han låtit sig drivas med strömmen som en fjäderlätt spån. Nu ville han själv ta ledningen, det var på tiden!

Hans trots från gamla dagar hade flammat upp på nytt.

Han, Gabriel Mortimer, kunde icke låta sig nöja med den motbjudande ragu på lycka, med vilken förskäraren vid livets bord trodde sig kunna fodra honom såväl som de andra. Hädanefter skulle han själv ta för sig. Vem hade drivit honom in i äktenskapet? Slumpen. Han hade älskat sin hustru, det var sant; men han hade också älskat andra; varför hade han icke gift sig med någon av dem?

Med strömmen hade han drivit.

Slumpen hade suttit vid styret. Nu skulle slumpen avsättas, nu ämnade han regera själv. Han var ju en varelse med fri vilja, och han skulle göra bruk av den!

Älskade han Lucie?

Kanhända. Åtminstone skulle han icke kunna leva utan att ha ägt henne.

Lucie var ung. Lucie var ungdomen.

Lucie skulle bli hans brud. Varje fiber i hans kropp skrek av hunger efter henne.

Hans panna brände den hand, med vilken han gång på gång strök den snett över, från högra tinningen till vänstra ögat. Han glömde tiden och rummet. Solen var längesedan borta. Stränderna gled förbi honom med ständigt ökad fart, och han märkte det icke.

Nattdimmorna började stiga. I ormigt slingrande former gled de fram över vattnet, i vars svartblanka yta det starka strömdraget ristade snirklar och virvelhål. De höjde sig och sänkte sig men erövrade ständigt nya regioner av bergens sluttningar.

En enstaka gång river den svaga aftonvinden en bräsch i dimmorna; då lyser västerhimmeln igenom, blek och grön som ett tvättat lik.

Mortimer ryste till, skakad av en frossbrytning.

Det hade blivit kallt. Och sent hade det blivit; det hade visst redan länge varit mörkt.

Mortimer såg på sin klocka. Den hade stannat.

Vart hade han kommit? Han kände icke igen sig längre. Stränderna var honom främmande.

Han hade visst drivit långt ner på floden.

Han fattade årorna, vände båten och började ro med full kraft. Det var så stark ström, att han tyckte sig känna, hur vattnet gled undan årbladen i stället för att göra motstånd. Han tyckte sig knappast komma ur fläcken. Efter en kort stund var han genomvåt av svett och måste vila på årorna, men medan han vilade, gled han tillbaka. Stränderna tycktes honom dansa förbi.

Mortimer var redan uppgiven av trötthet.

Jag har drivit för långt ner, tänkte han. Jag har icke kraft att ro tillbaka.

I nästa ögonblick kände han tydligt igen två vita björkar på stranden, vilkas stammar böjde sig fram över varandra i form av ett x.

Det var där han hade vänt för en halvtimme sedan!

Han insåg det hopplösa i alla vidare ansträngningar, gjorde fast båten vid en av björkarna och gick i land.

Vart hade han kommit?

Det var en främmande trakt.

Han lyckades finna en gångstig, som ledde uppåt från stranden, och följde den.

Efter en stund mötte han en man.

Mortimer hälsade och frågade honom om vägen till doktorsgården.

Mannen svarade ingenting men gjorde i stället några besynnerliga gester. I nästa ögonblick kände Mortimer igen honom: det var den dövstumme Ola. Mortimer lade en silverslant i hans hand och tecknade:

– Där och där nere vid stranden ligger en båt; med den skall du ro upp till doktorsgården. Och så skall du säga mig, hur man skall gå för att komma fram till landsvägen.

Den dövstumme nickade till tecken, att han hade förstått; därefter pekade han ivrigt någonstädes ut i dimman och försvann ner åt stranden till. Efter en stund hördes jämna, kraftiga årtag.

Mortimer stod ensam. Åt vilket håll skulle han gå? Det rann honom ofrivilligt i sinnet ett par shakespeareska rader:

Det är så sent för mig i världen nu,
att jag ej hittar hem ...

Han skakade av köld.

Han valde en riktning på måfå in i dimman. Efter en stund fann han sig oförmodat stå mitt på landsvägen. Bondgård efter bondgård skymtade förbi honom ur det vita mörkret, och efter föga mer än en timme var han hemma.

Mortimer tog en genväg genom prästens trädgård.

Då han kommit inom trädgårdsgrinden, stannade han för att betrakta månen som nyss gått upp. Stor och grönblek hängde den likt en kinesisk lykta på en osynlig tråd mellan två jättehöga lindar.

Det var stilla på gården. Andlöst stilla.

Mortimer tog vägen över en gräsplan för att icke väcka någon av husets folk genom det knastrande ljudet av steg i sanden.

På vattentunnan vid hörnet satt en svart katt. Ögonen tindrade gröna som två brinnande smaragder.

Med ens föll Mortimer på den tanken att gå ned bakom byggnaden för att se, om det lyste i Lucies fönster.

Det lyste icke, alltså sov hon.

Hela huset sov.

Mortimer vände om för att fortsätta hem till sig men

tog i samma ögonblick ett par steg tillbaka, slagen, bedövad.

Lucie.

Lucie i sin röda klänning var där. Men hon var icke ensam.

Den andre var notarien. Han höll henne hårt tryckt mot stammen av ett päronträd och kysste henne.

Hastigt gav hon till ett litet skrik och gjorde sig lös. Hon hade sett honom. Notarien svor någonting på landsmål. Tre par ögon korsade varandra förvirrat i mörkret.

VI

Mortimer låg men sov icke.

Han hade icke ens rullat ned gardinen; månljuset föll rätt in i rummet, bredde ett stycke askvit matta över golvet och målade fönsterkorsets skugga skarpt på den motsatta dörren.

Mortimer tänkte icke och drömde icke heller.

Betydelselösa episoder ur det förflutna rullades upp för hans minne med plågsam klarhet. Platser, som han ej besökt sedan sin barndom, hägrade för hans syn med meningslöst tydliga linjer. Han hörde likgiltiga röster, som tillhörde längesedan döda. Han låg och undrade, varför han vid det eller det tillfället hade sagt just så eller så; kunde han icke lika gärna ha sagt det eller det?

Och då dessa fantasier för ett ögonblick lämnade honom i ro, for han upp:

– Var är jag?

Med ens påminde han sig allt.

Då steg han upp och gick fram till spegeln. Där blev han länge stående.

– Jag ser ju ut som en gammal präst, mumlade han till sist.

Och han lade sig åter men somnade icke.

VII

Tåget rullade och skramlade.

Mortimer hade dragit sig in i ett hörn av kupén, sänkt i ett slags dvala. Sova kunde han icke längre. Från det öppna fönstret svepte en fuktig vind kring hans tinningar. Han satt med halvslutna ögon. Han kände det, som om ögonlocken blivit för slappa för att sluta till fullständigt. Skogar, myrar och ljunghedar drev förbi hans blick otydligt som genom ett immat glas.

Hur länge hade han rest, och vart hade han tagit biljett?

Han visste det icke säkert.

Hans minne förmådde icke längre bevara dylika detaljer.

På tre dygn hade han icke sovit. Hans tanke hade under dessa sista dagar förföljt ett enda mål: hur skulle han göra slut på denna ändlösa parentes, som brutit sönder meningen i hans liv?

När skulle det väsentliga komma, det för vilket han levde?

Vad han senast hade kallat sin stora räddande passion var också oväsentligt. Intill löjlighet oväsentligt.

Det hörde med till parentesen, det var betydelselöst skräp liksom allt annat i hans liv.

Hade han kanhända varit utsatt för drift hela sitt liv igenom?

Man lärde honom som barn, att livets små omsorger var någonting lågt och oviktigt i jämförelse med ett annat, ett högre, som var det enda viktiga. Och detta andra, det viktigaste – hur löjligt: det hade han glömt!

Han hade glömt det. Han hade ett miserabelt minne, hur kunde man glömma något sådant!

För övrigt var det kanhända i grund och botten ingenting. De andra barnen hade tydligen allesammans förstått, att det var ett skämt, som man icke skulle fästa sig vid; men han ensam hade i sin oskuld tagit det på allvar, och nu skrattade hela tillvaron honom mitt i ansiktet!

Då han såg ut genom kupéfönstret föreföll det honom, som om berg och backar skrattade åt honom. Träden skrattade, och stenarna skrattade, och en liten röd stuga med tre vitmålade gavelfönster formligen kiknade av skratt.

Till slut måste han själv också skratta; han skrattade högt, gapskrattade.

Den ene av hans medpassagerare, en vacker ung man med vaxade mustascher, rusade genast fram till sitt fönster.

– Jag ber om ursäkt, vad var det ni skrattade åt? frågade han.

– Å, det var bara åt en stuga ... Ser ni inte stugan där borta?

Men stugan var redan utom synhåll. Den unge mannen gick miste om sitt skratt och återvände till sin plats.

Den andre passageraren sov.

Mortimer sjönk tillbaka i sitt hörn.

Tåget stannade.

Man hade kommit till en liten stad. Det var tjugofem minuters uppehåll. Mortimer steg ur och gick på måfå ut i staden. I närheten av stationen stötte han på ett litet konditori. Han gick in och beställde en kopp kaffe. Det lilla rummet gjorde ett lugnande, hemtrevligt intryck: över alla möbler låg virkade antimakasser utbredda, och på väggen hängde kronprinsen och kronprinsessan av Danmark.

Det var en stilla afton.

Fönstret stod öppet. Den lilla gatan låg tyst och tom.

Från en gränd långt borta trängde det bortdöende ljudet av steg, som klapprade mot stenläggningen.

I ett öppet fönster i huset mittemot, ett litet gulmålat trähus med gröna fönsterluckor, skymtar ett fjortonårigt flickansikte mellan fuchsior och balsaminer. Hon har stora, klara barnaögon och rödblont hår. Hon står där i sitt röda livstycke och sina korta vita lintygsärmar och kammar sitt hår.

Vad tror hon ... Vad tänker hon på, vad drömmer hon om?

Deras blickar möttes. Den unga flickan blev röd som blod, och gardinen gled ner.

Det låg en tidning på bordet. Mortimer tog den och ögnade upp och ned genom spalterna. Bröllop ... Förlovning ... Riksdagsmannaval ... "Vår stad har under sommaren lopp undergått åtskilliga förskoningsarbeten. Bland annat har flera hus vid Storgatan blivit bestrukna med oljefärg, vadan denna gata nu ter sig helt prydlig ..."

Mortimer intogs genast av en häftig lust att se denna gata. Han betalade sitt kaffe och skyndade ut.

Han tog av åt höger utan att veta varför. Staden tycktes utdöd. Ingen människa syntes, som han kunde fråga om vägen.

Vid ett öppet fönster i bottenvåningen till ett litet förfallet hus satt en gammal gumma och stickade på ett par strumpor.

Mortimer stack in huvudet genom rutan och skrek åt gumman – han tyckte sig se av hennes ansiktsuttryck, att hon hörde illa –:

– Kan frun säga mig, hur jag skall gå för att komma till den oljemålade gatan?

Gumman spratt till dödligt förskräckt och stirrade på honom, utan att säga ett ord. Hon endast stirrade och stirrade.

Vart skulle han vända sig? Han fortsatte i samma riktning som förut. En drucken man kom raglande gatan fram. Ett par steg från Mortimer snavade han och föll. Mortimer hjälpte upp honom, ställde honom mot en vägg och fortsatte att söka efter den oljemålade gatan.

Plötsligt kom en svart katt fram ur en port och strök sig smeksamt mot hans ben. Mortimer föll i tankar, plågad av ett dunkelt minne, som han förgäves sökte reda. Han hade sett detta djur någon gång förr, helt nyligen ...

En häftig ringning från stationen avbröt hans grubbel. Han rätade upp sig, som om han blivit väckt ur en dröm, skyndade raka vägen till stationen och lyckades i sista minuten komma upp i sin kupé. Tåget rullade och skramlade.

Mortimer var trött, trött.

Det mörknade mer och mer över hedarna. Stillastående vattensamlingar här och där speglade en ödslig, sönderspräckt himmel av bleknande gult och svartnande grått.

Mortimer satt och stirrade ut över landskapet. Han hade på de senaste dagarna fått ett egendomligt sätt att sitta och stirra ut i luften utan att egentligen se något.

– Det är så sent för mig i världen nu ... Är jag på hemväg?

Han kunde icke giva sig något svar.

Han var så gott som ensam i kupén. Den unge mannen med de vaxade mustascherna hade stigit av, den andre sov alltjämt med ansiktet mot väggen.

– Hur är det, lovade jag mig icke nyligen, att jag skulle avsätta slumpen?

Han log hånfullt, och händerna knöt sig konvulsiviskt.

– Det är någon elak, som har roat sig med att leka med mig, liksom med en boll på en gummisnodd. Vid varje kast skryter bollen för sig själv med att han gjort sig fri, och i nästa sekund är han fångad på nytt. Men om jag nu hoppade av tåget och krossade huvudet mot berget där, skulle jag icke då äntligen utföra en fri handling?

Sedan kunde den elake springa och leta efter sin boll. Snöret brast, bollen är borta!

Mortimer vacklade fram till kupédörren, famlade efter låset, fick slutligen fatt i vredet och öppnade dörren. En kall vind slog emot honom, ryckte av honom hans hatt, som försvann i mörkret, och fläktade kylande genom hans hår.

– Låt tåget föra de andra dit de ämnar sig och dit de icke ämnar sig, jag har tröttnat på att följa med strömmen ...

Han tog ett steg utåt tomrummet men kunde icke förmå sig att släppa dörrvredet.

Dödsskräcken isade honom och spred ett blixtlikt ljus över den sista tanke han ännu hade i behåll, en klar och kall tanke:

– Eller kanhända beror det helt enkelt på att den elake har tröttnat vid leken och med flit kastar bollen ifrån sig med sådan kraft, att gummisnodden brister. Ja naturligtvis, det är ju klart, att det måste vara så ...

– Nej, jag vill inte, rosslade han, jag vill inte ...

Hur kom det sig, att han, Gabriel Mortimer, befann sig hängande vid en öppen vagnsdörr på ett järnvägståg i full fart?

– Nej, jag vill inte ...

Ett par sekunder blev han hängande på dörren vid en arm; därefter förlorade han medvetandet och släppte taget. Och tåget ångade bort över hedarna med en kupédörr hängande öppen.

Några arbetare fann honom nästa morgon i gryningen.

Ingen kunde fatta, hur det hade gått till.

Det äldsta av Mortimers barn är en gosse, som liknar honom påfallande i det yttre. Han kommer likväl, mänskligt att döma, att bli lyckligare än fadern, ty han är svagt begåvad.

NOVELLER FRÅN NOVELLIX

N° 1 Jens Liljestrand *Sandhamn*

N° 2 Unni Drougge *Kärlek ända in i döden*

N° 3 Jonas Karlsson *Spår i snön*

N° 4 Maria Sveland *Doggy Monday*

N° 5 Monika Fagerholm *Arielles första kärlek*

N° 6 Jonas Hassen Khemiri *Så som du hade berättat det för mig (ungefär) om vi hade lärt känna varandra innan du dog*

N° 7 Cilla Naumann *Lära sig*

N° 8 Johanna Thydell *Han tänkte på dem som färger*

N° 9 Amanda Svensson *Jag vill veta var stockrosorna kommer ifrån*

N° 10 Jens Lapidus *Heder*

N° 11 Helena Granström *Skördebrev*

N° 12 Wille Crafoord *Gloria*

N° 13 August Strindberg *Ett dockhem*

N° 14 Karin Boye *Ella gör sig fri*

N° 15 Hjalmar Söderberg *Med strömmen*

N° 16 Selma Lagerlöf *Spökhanden*

TYSKA FYRAN

Felicitas Hoppe *Abu Telfan*

Silke Scheuermann *Krig eller fred*

Ferdinand von Schirach *Nödvärn*

Juli Zeh *Den skänkta timmen*